AF595190

BIBLIOTHÈQUE
ANECDOTIQUE ET LITTÉRAIRE

SÉRIE PETIT IN-12

FLEURETTE

VIOLETTE

Je vous la confie, mes sœurs..., page 8

BIBLIOTHÈQUE ANECDOTIQUE ET LITTÉRAIRE

FLEURETTE

VIOLETTE

PAR

MM. CHOMETTE ET PIRCKAERT

ÉDITION ILLUSTRÉE
DE 4 GRAVURES HORS TEXTE

PARIS
LIBRAIRIE D'ÉDUCATION A. HATIER
33, QUAI DES GRANDS-AUGUSTINS, 33

FLEURETTE

Au midi de la France, entre les Alpes et la mer, se trouve un charmant pays que nous nommons Comté de Nice, mais qui, au temps des fées, s'appelait royaume des fleurs.

Là, dans un magnifique palais de cristal entouré de superbes jardins, vivaient en sœurs toutes les plantes.

La fée aux Roses en était la reine, et la plus douce paix régnait dans ce royaume parfumé.

Les habitants de l'air, depuis le rossignol jusqu'au petit roitelet ; les habitants de la terre, depuis la cigale jusqu'au cricri, animaient et réjouissaient par leurs chants ce séjour délicieux.

Un jour, la fée aux Roses, sortant de son palais, trouva à l'entrée du jardin une toute petite fille qu'on y avait déposée. Elle la prit entre ses bras et la caressant doucement :

Charmante créature, dit-elle, je t'adopte, je t'élèverai, je serai ta marraine. » Aussitôt, elle la transporta dans le jardin et, allant trouver la fée Violette et la fée Oranger :

« Je vous la confie, mes sœurs, dit-elle, veillez sur elle. Comme reine, je m'absente souvent et ne puis me charger de ce soin ; remplacez-moi près d'elle et faites-en une fille accomplie. »

L'enfant, qu'on nomma Fleurette,

Les habitants l'avaient nommée Bienfaisante..., page 10.

grandit au milieu des fleurs. Ses deux institutrices la douèrent de modestie et d'innocence ; le rossignol lui donna des leçons de chant, et toutes les plantes lui donnèrent la science de la nature.

Fleurette resta toujours frêle et élancée comme le lis dont elle avait dans la taille la flexible délicatesse, et dans les yeux le bleu azuré.

Près du domaine des fées se trouvait un village que Fleurette visitait souvent. Les habitants, dont elle était la bienfaitrice, la chérissaient et l'avaient surnommée Bienfaisante. En effet, partout où elle passait elle laissait le bien-être et la joie. Nul ne s'entendait mieux qu'elle à calmer les souffrances et toujours elle apportait la paix. Il est vrai que ses bonnes amies les fleurs l'y aidaient puissamment. C'était la fleur d'oranger qui lui donnait ces belles pommes d'or qui amusaient les enfants ; c'était le lin qui lui donnait le fil dont elle tissait les délicates étoffes qui embellissaient les jeunes filles ; c'était l'aconit qui lui donnait le suc qui calmait la fièvre ; le pavot qui lui donnait la liqueur qui engourdissait les souffrances et procurait le sommeil réparateur, et tant d'autres dont Fleurette connaissait mieux que moi les propriétés bienfaisantes.

Un jour, cette douce quiétude fut troublée. Un méchant génie, ennemi des fleurs, l'Ouragan, vint leur déclarer la guerre. Il déchaîna sur le royaume son armée dévastatrice dont l'Aquilon était le général et le Mistral le capitaine.

Les ravages de ces dévastateurs s'étendaient au loin. La mer en fut agitée et les villages d'alentour virent leurs récoltes dispersées, perdues par ces terribles ennemis. La stupeur et la désolation avaient remplacé la joie et la paix. Les oiseaux eux-mêmes avaient cessé leurs chants et les insectes s'étaient cachés dans les entrailles de la terre.

Dans cette extrémité, les fées tinrent conseil. Les supplications étaient inutiles; il fallait employer la force et la ruse. Or, si les fleurs n'ont pas la force brutale, elles ont le charme vainqueur; mais, si frêles, comment oser se présenter à cet horrible Ouragan dont elles étaient si effrayées?

« Chargez-moi de ce soin, mes amies, dit Fleurette qui assistait à la délibération, j'ai un corps plus solide que le vôtre à opposer à ses coups, et il faudra bien qu'il m'entende.

— Il est sourd, dit la fée aux Roses,

mais travaille de ton côté, moi, je travaillerai du mien ; je vais aller voir le génie des nuages, il est de nos amis et voudra peut-être nous aider.

— Et, dit la timide fée Héliotrope, s'il nous envoie la grêle, le remède sera pis que le mal.

— Ne craignez rien, mes sœurs, j'espère.

Aussitôt la fée aux Roses se transformant en parfum, se posa sur les ailes d'un papillon qui s'éleva vers les nues. Pendant ce temps, Fleurette était allée demander conseil à la fée Souci.

Cette fée était triste et sérieuse, mais elle savait donner un bon avis.

« Ma fille, dit-elle, il faudrait pouvoir conduire le génie Ouragan dans cette grotte creusée dans les rochers qui bordent la mer ; là, nous pourrions l'enchaîner facilement, et notre ennemi deviendrait impuissant et ne pourrait jamais plus nous nuir. »

Fleurette réfléchit et crut avoir trouvé un moyen ; elle avait pensé aux charmes de la musique et voulait s'en servir pour attendrir l'indomptable génie.

Elle partit courageusement et s'exposa bravement à la tempête ; mais sa faible voix ne pouvait dominer le tumulte et elle commençait à désespérer, lorsqu'il lui vint un auxiliaire.

Une nuée grise s'étendit au-dessus du royaume et laissa tomber une pluie fine qui, peu à peu, calma la violence des vents. Fleurette en profita aussitôt pour faire entendre ses chants les plus sonores, puis, voyant le génie prêter l'oreille, elle modula ses plus belles chansons et en vint progressivement aux plus douces mélodies.

Pendant ce temps, elle marchait

toujours vers la caverne, et elle était poussée par l'Ouragan, grondant encore, tout doucement, charmé par cette voix ravissante.

Arrivée à la grotte, elle eut le courage d'y entrer malgré sa vaste profondeur et sa sombre solitude.

L'Ouragan suivait docilement, il étendit sur le sol ses membres colossaux.

Fleurette continua : son chant devint un murmure et, nouvel Orphée, elle endormit le monstre. Les fées des fleurs arrivèrent alors et l'enchaînèrent.

Depuis ce temps, la paisible contrée a été à l'abri de la tempête ; parfois l'Ouragan gronde sourdement, mais il ne peut sortir de sa prison.

Le calme reparut donc et les fées s'assemblèrent de nouveau.

« Fleurette, lui dit la reine, nous voulons te récompenser, et nous allons te donner une famille parmi les hommes. Un puissant roi nous

aime et il te recevra à sa cour, tu deviendras une grande dame, les honneurs et les richesses t'entoureront. »

Fleurette pleura.

« Vous voulez donc me chasser, dit-elle ; que ferais-je loin de vous?

2.

Qui vous connaît ne peut cesser de vous aimer ; comment voulez-vous que je vive, moi qui ne vous ai jamais quittées et que vous nommez votre fille ?

— Ne pleure plus, ma mignonne, dit la fée aux Roses, nous n'acceptions cette séparation que pour faire ton bonheur ; tout le monde gagnera donc à ce que tu nous restes. »

Fleurette est donc demeurée la sœur des fleurs et l'amie des petits enfants.

VIOLETTE

Il y avait autrefois un roi et une reine, qui étaient si justes et si vertueux, que leurs sujets étaient les plus heureux de la terre.

Pour récompenser les vertus de ces bons monarques, les fées leur envoyèrent une jolie enfant.

Ce fut la fée Violette qui fut chargée de la leur porter :

« Je vous donne, leur dit-elle, cette belle petite fille ; elle fera votre joie et votre bonheur. Je suis sa marraine et je lui donne mon nom; je veillerai sur elle et la protégerai. Alors elle déposa l'enfant dans les bras de la reine, et disparut avant que les deux époux, surpris et charmés, eussent eu le temps d'exprimer un remerciement.

La petite princesse était la plus mignonne créature ; son gracieux visage respirait la douceur, et son petit corps blanc et rose exhalait un doux et pénétrant parfum. Elle s'éleva sans accident, et fut bientôt aimée de tout le peuple qui se pressait dans les jardins du palais pour admirer les grâces de sa jeune souveraine. En grandissant, Violette devenait toujours plus jolie et le doux et suave parfum qu'elle exhalait était toujours plus doux et plus suave ; de même son heureux caractère était toujours plus aimable.

Elle avait été privée de ses sens..., page 24.

Le roi et la reine étaient donc complètement heureux ; mais, hélas ! ce bonheur eut un terme.

Une méchante fée, nommée la Foudre, était devenue l'ennemie du roi depuis qu'il avait, pour préserver ses sujets, fait placer sur tous les édifices des baguettes de fer qui empa laient la foudre.

La méchante fée n'osait plus s'aventurer dans le royaume ; mais elle voulait se venger et vint troubler la douce quiétude de cet heureux peuple.

Un jour que Violette était seule dans le parc, la fée l'enleva et la transporta dans une sombre forêt où elle l'abandonna.

Cependant la reine, ne voyant pas rentrer sa fille chérie, commença à s'inquiéter de sa longue absence et la fit rechercher de tous côtés ; mais on ne put la trouver, et la pauvre reine, dévorée par une anxieuse inquiétude, passa la nuit dans les pleurs. Enfin, elle appela à son aide la fée Violette qui apparut aussitôt ; mais elle avait un air si triste, que la désolée mère perdit tout espoir et éclata en sanglots.

« Hélas ! ma chère reine, dit la fée, je ne puis presque rien pour vous. Le pouvoir de celle qui vous a ravi votre petite fille est supérieur au mien ; il faudrait laisser sa colère se calmer. Cependant envoyez de tous côtés les serviteurs les plus dévoués à notre chère princesse ; ils sauront la retrouver, grâce à son doux parfum.

Aussitôt la reine fit partir quatre de ses meilleurs serviteurs, après les avoir munis de tout ce qui leur était nécessaire.

Pendant ce temps, que devenait la petite princesse? Durant ce violent enlèvement, elle avait été privée de ses sens, et lorsqu'elle s'éveilla de cette espèce de léthargie, elle fut bien surprise de se trouver seule dans cette sombre forêt. Elle entendait au loin retentir des coups sourds et réguliers, et elle allait se décider à diriger ses pas de ce côté, lorsqu'elle aperçut, fixés sur elle, deux yeux brillants au milieu d'une figure toute noire.

Violette eut un peu de frayeur, mais la réprima aussitôt ; car ce bizarre visage exprimait la bienveillance.

L'homme noir lui parla ; mais elle ne comprit pas son langage ; seulement, comme elle n'avait plus peur, elle se laissa conduire par lui.

L'homme noir lui parla... page 24.

Ils arrivèrent bientôt à un endroit découvert où des huttes faites de boue et de branchages formaient une espèce de hameau. Les habitants de ce singulier village entourèrent aussitôt la petite, et chacun questionna celui qui l'avait amenée ; mais la pauvre enfant ne comprenait pas un mot de ce qui se disait autour d'elle, et elle eût été bien effrayée, à la vue de ces demi-sauvages, si elle n'eût été rassurée par leur air doux et respectueux.

Ces gens étaient des charbonniers qui habitaient cette forêt depuis de si longues années, que nul d'entre eux n'avait entendu parler des villes environnantes.

Ils vendaient leur charbon à des hommes qui venaient tous les ans faire avec eux des échanges. C'est ainsi qu'ils se procuraient des vêtements, et qu'ils avaient eu quelques chèvres, leurs seuls animaux domestiques.

Violette resta avec ces bonnes gens et répandit autour d'elle son doux charme d'innocence et d'amabilité. Elle était idolâtrée de tous, petits et grands, et elle sut bientôt les comprendre et s'en faire comprendre. Elle leur dit alors qui elle était ; mais ces pauvres sauvages n'avaient jamais entendu parler du roi, et ils crurent, avec la petite, que quelque méchant génie l'avait transportée bien loin de sa patrie.

Violette regrettait beaucoup son père et sa mère ; mais elle ne se trouvait pas malheureuse chez les charbonniers qui l'aimaient tendrement.

On remarqua que partout où Violette se couchait pour se reposer, la terre, que son joli corps avait foulé, se couvrait immédiatement de petites plantes qui donnaient de jolies fleurettes de couleur un peu sombre, et cachées si bien sous les feuilles que leur parfum seul les faisait découvrir. Comme ce parfum était semblable à celui qui émanait de la petite fille, les bons charbonniers nommèrent les fleurs *violettes*, de plus, comme elles se propageaient naturellement et promptement, bientôt tout le sol de la forêt en fut tapissé et l'air en était embaumé.

Puis ce furent d'autres fleurs qui poussèrent au bord d'un clair ruisseau où Violette allait faire sa toilette. Celles-là étaient plus hautes, plus belles peut-être ; mais pas plus jolies ni aussi parfumées que les petites violettes. C'est ainsi que vinrent les Iris, les Lis, les

Glaïeuls, et d'autres encore. Alors on aperçut, dans la forêt, des mouches qui se posaient sur ces fleurs comme pour en sucer le suc. Ces mouches s'établirent dans le tronc d'un vieux saule où Violette découvrit un jour le miel qu'elle aimait tant et dont elle était privée depuis qu'elle avait quitté le palais de son père. Elle reconnut alors que ces mouches étaient des abeilles, et comme elle en avait vu soigner dans le jardin du roi, elle apprit aux charbonniers à les soigner de même.

Ils eurent ainsi, de plus, un aliment agréable. Leurs mets étaient peu variés ; car ils ne récoltaient que du sarrasin dont ils faisaient des espèces de crêpes, et n'avaient pour fruits que des faînes dont ils tiraient de l'huile, et quelques baies qui poussaient sur les buissons.

Violette apprit aux femmes à faire d'excellents fromages avec le lait des chèvres, et aussi à filer le poil de ces animaux et à le tricoter en bons jupons, en beaux gilets, et en bas bien chauds. Un jour que plusieurs enfants étaient enrhumés, la bonne princesse imagina de composer, avec ses petites violettes et du miel, une espèce de sirop qui calmait la toux fatigante de ces pauvres petits.

Le bien-être, les douces relations entre les familles qui se réunissaient autour de Violette pour profiter de ses enseignements avaient métamorphosé cette bourgade de sauvages. Leur langage était moins rude, car sans s'en douter, ils imitaient les intonations mélodieuses de leur petite fée, comme ils l'appelaient.

Il y avait déjà deux ans qu'elle était avec eux et, sans le souvenir de ses parents chéris, elle eût été parfaitement heureuse ; il est si doux d'être la providence de ceux qui nous entourent !

Cependant les serviteurs envoyés à la poursuite de Violette n'avaient pu la rencontrer, lorsqu'un jour, ils se trouvèrent, comme par enchantement, réunis dans la forêt des charbonniers.

Ils résolurent alors de continuer ensemble leurs recherches, et bientôt, guidés par une odeur fraîche et agréable qu'ils reconnurent avec joie, ils se trouvèrent dans le hameau dont notre fillette était la bienfaitrice.

Violette fut bien joyeuse de les revoir et bien heureuse à l'idée de retourner près de ses bons parents; mais quand elle vit la tristesse de ses bons amis les charbonniers, quand elle les entendit sangloter, elle pleura

avec eux, car elle ne savait comment les consoler.

Un sage vieillard élevant la voix, parvint à se faire écouter et dit:

« Il ne faut pas que notre amitié

soit égoïste, et si nous aimons véritablement notre petite fée, nous devons être heureux du bonheur qu'elle va éprouver en retrouvant sa patrie, ses amis, sa famille. Ne l'affligez donc pas par votre désespoir; sachez vaincre votre douleur; c'est ainsi que vous lui témoignerez votre reconnaissance. Si elle va plus loin faire d'autres heureux, elle laisse ici le bien-être que nous ont donné ses bienfaits et ses vertus.

— Je reviendrai vous voir, dit Violette, je me suis attachée à vous, et je ne saurais rester longtemps sans venir vous serrer la main à tous. »

Ces bonnes paroles les consolèrent mieux que les bonnes raisons du vieillard, et l'espoir de ne pas la perdre pour toujours calma aussitôt leur douleur.

« Chère petite fée, dit une jeune fille, nous sèmerons vos violettes si bien, qu'il y en aura bientôt dans toute la forêt, cela vous en fera retrouver le chemin. »

Les serviteurs, impatients de retourner près de la reine, emmenèrent enfin la princesse.

Je ne saurais exprimer le bonheur du père et de la mère de Violette, quand, à la joie du peuple, elle se traduisit par des réjouissances qui durèrent plusieurs jours.

La petite fleur devint à la mode; on s'en procura des graines, et tous les jardins en furent embaumés; mais elle préfère encore les bois et, modeste comme sa jeune créatrice, elle se cache toujours sous les feuilles.

Châteauroux. — Typ. et Stéréot. A. MAJESTÉ et L. BOUCHARDEAU

www.ingramcontent.com/pod-product-compliance
Lightning Source LLC
LaVergne TN
LVHW021637170726
843501LV00007B/2262

* 9 7 8 2 3 2 9 6 5 7 0 9 7 *